AF150143

II

III

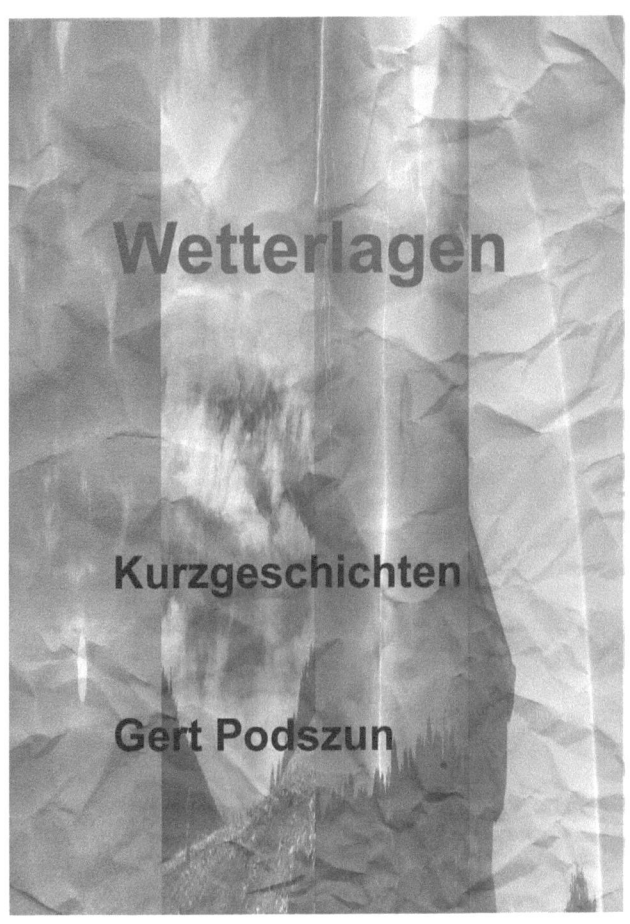

Wetterlagen

Kurzgeschichten

Gert Podszun

Für Karin, die mich begleitet.

Bibliografische Information der Deutschen
Nationalbibliothek:
Die Deutsche Nationalbibliothek verzeichnet diese
Publikation in der deutschen National-bibliografie;
detaillierte bibliografi-sche Daten sind im Internet über
http:// dnd.d-nb.de abrufbar.

Impressum
©2014 Gert Podszun
Herstellung und Verlag:
BoD - Books on Demand, Norderstedt
Umschlagsentwurf: Gert Podszun

ISBN: 978-3-732-29978-2

Inhaltsverzeichnis

x

Bauchweh in der Stadt

Mein Beruf: Verkaufen. Seit Jahren. Daran gewöhnt, das dazu Notwendige selbst zu organisieren: Projektierung, Erstellung von Reiseplänen, Besuchsvorbereitung, Kundenanalyse, Vorbereiten von Meetings, Abfassen von Berichten und Protokollen, die dann nur gelesen werden, um zu beweisen, dass eigentlich alles ganz anders gemeint war.

Heute ist wieder einer dieser Reisetage. Über dem Wolkenbett im Flugzeug sah ich Wolkenpilze, kämpfende Drachen und Klobrillen, blätterte schwitzend in der Zeitung, die kostenlos bereit lag und dann alsbald zerknautscht in den Netzen der Sitze landete.

Landung in Berlin.

Heute habe ich den Leihwagen bei der Gesellschaft gemietet, bei der die augenscheinlich netteste Bedienung saß. Oftmals wirken die Gesichter in den Kabinen etwas muffig. Besonders montags. Sie haben grüne Hütchen auf hinter dem Tresen. Hier ist an ein Getränk nicht zu denken. Sie haben den Service an Bord eingeschränkt. Aus Kostengründen. Was kostet ein Gast?

Unter dem Hütchen leuchtete Lipgloss. Ein Lippenstift, der auf den Lippen glänzt. Rot zieht das Auge augenscheinlich zuerst an. Erst dann erblickte ich unter zwei rasierten Augenbrauen und Maskaraverzierten Wimpern blaue Augen, von denen ich einfach annahm, dass ihre Farbe nicht gefälscht war.

Wie lange werden Sie den Wagen benötigen?

Bis ich um die dicke Litfasssäule herum bin.

Sie hat nicht gelächelt. Wahrscheinlich fand sie meine Anmerkung dümmlich.

Wenn Sie ihn zurückgeben und hier geschlossen sein sollte, können Sie den Schlüssel einfach in dieses Kästchen werfen.

Zur Übergabe der Papiere stand sie auf und beugte sich zu mir. Ich konnte mir die Frage nicht beantworten, ob sie einen Push-up-Büstenhalter trug oder nicht. Ich bevorzuge Natur.

Die Teerdecke der Heerstraße in Berlin wölbte sich mit ihren Rändern nach oben, geriet zu einer Halbschale, wollte den Leihwagen von der Seite neben den unterbrochenen weißen Linien in die Mitte drücken. Wie da noch abbiegen? *Linksabbieger bitte einordnen.* Wie denn einordnen, wenn die Fahrbahn verrückt spielt?

Eine rote Reklametafel stürzt sich unter dem frühen Abendhimmel von der Häuserwand herunter und langt durch das geöffnete Schiebedach nach mir. Als wenn ich jetzt Durst nach klebriger brauner Brause hätte. Ich werde in der großen Stadt übernachten. Das Hotel liegt in der Nähe der ehemaligen Grenze zwischen zwei real existierenden Gesellschaften gleicher Sprache.

Morgen muss ich nach Rostock. Hansestadt. Mühlendamm.

Heute folge ich den Anweisungen des Navigationsgerätes durch die Stadt. Früher habe ich einen Blick auf den Stadtplan geworfen, die grobe Richtung bestimmt und bin neugierig losgefahren. Da gab es noch die Mauer.

Der Leihwagen steht geschlossen in der Hotelgarage, mein Gepäck ist im Hotelzimmer abgestellt. Ich habe mich *frisch gemacht* und werde noch ein wenig bummeln. *Frisch machen* sagte auch der Ausbildungsunteroffizier während der Grundausbildung bei der Bundeswehr, wenn er uns durch das Gelände scheuchte. Auf der anderen Seite der Mauer war es bestimmt ähnlich.

Einen Platz, auf dem ich vor etwa einem Jahr abends in der Sonne saß, erkenne ich wieder. Ein Mann sitzt auf dem Trottoir. An die noch warme Hauswand gelehnt. Er hält einen Plastikbecher zwischen verschmutzten Fingern. Neben ihm liegt eine voll gestopfte Plastiktüte.

Die Bedienung ist freundlich. Sie sächselt. Sie trägt die Uniform des Hauses. Getränk und Essen schmecken. Ich bin zufrieden.

Ein weißes lang gestrecktes Auto fährt langsam vorbei. Ein Brautpaar winkt von drinnen. Wie Zirkus. Eine kostenlose Vorführung. Manche klatschen. Zum Lesen der Zeitung ist es schon zu dunkel. Ich werde noch ein wenig sitzen bleiben, etwas trinken und meinen Sinnen Freiheit gewähren.

Babylonische Stimmen. Von oben fallen die Lichter der Werbung über uns her. Das Aroma des Weines wird aufsteigend mit Kohlenstoffdioxid geschwängert. Die nicht durch Kleidung abgedeckte Haut wird mit Feinstaub angereichert. Meine Zunge streift unbewusst, vielleicht selbstschützend, den Feinstaubanteil von den Lippen ab. Die junge Frau unter dem grünen Hütchen hatte glänzende Lippen. Manche Frauen an den Nachbartischen schminken sich die Lippen nach, nachdem sie Spuren von ihnen auf den Rändern der benutzten Gläser zurückgelassen

13

haben.

Lippenstifte überall, Auch in den Bädern dieser Drei-Millionen-Stadt lagern Lippenstifte. Für jede neue Mode einer. Und in den Handtaschen. Und anderswo, in Taxen, in Handschuhfächern, in Mülleimern. Alle hatten oder haben nur den einen Zweck: einen Mund mit einer uneigenen Farbe zu versehen. Es gibt auch Männer, die die eigene Lippenfarbe verändern. Das soll attraktiv machen. Anziehend. Wie ein Magnet. Und dann schaut man in die Augen und bei den Frauen auf den Busen.

Berlin ist attraktiv. Sagt das Stadtmarketing. Welche Farbe würden Berlins Lippen tragen? Ich würde jetzt gerne die Farbe der Berliner Lippen sehen und die Wärme dieser Lippen spüren, in die Augen eintauchen und mich am städtischen Busen erfreuen.

Das Grau des Alltagsgesichtes dieser Stadt wird in die Untergangsfarbe des im Westen schwindenden Sonnenlichtes eingetaucht. Rhythmisch setzen Ampeln ein kräftigeres Rot in das Gesicht der Stadt. Die dunkelgrauen Straßendecken legen mit zunehmendem Sonnenuntergang schwarzes Maskara an und heben dies in den Kronen der straßenrahmenden Bäume, die nach und nach ihr Grün aufgeben müssen. Die Stadt atmet schwer.

In den Bienenstockhäusern wie in den Villen entlang der breiten Alleen wabert Atem wortloser Einsamkeit neben den spitzen Schreien kurzer Lust. Letzte Atemzüge sinken in die wärmespeichernden Häuserzeilen, zwischen die alten Baumgruppen in den Parkflächen, unter die Gleise der ratternden Metrowagen. Hoffnung steigt auf wie der erste Strahl der die Wolkendecke durchbrechenden Sonne. Von Hoffnung steht dann auch etwas in den Nachrichtenblättern, welche in der großen Stadt auch zur Nacht verteilt werden. Auch die Nachricht von der jungen Frau, die sie heute Morgen aus der Toilette des großen Kaufhauses getragen haben. Weggespritzt von den asphaltierten Wegen und der durchgesessenen Couch fernab elterlicher Fürsorge. Und von der Verfügbarkeit.

Ihr Großmaul reißt die Stadt auf und protzt mit Kubikkilometern von bewältigtem Unrat, prahlt mit den Investitionen zeitlich begrenzten Engagements von global wirtschaftenden Konzernen, preist sich mit den Superstimmen gastierender Opernsänger und Opernsängerinnen für ein paar buntere Nächte, proklamiert die Rettung der obdachlosen Fixer, provoziert weitere Zuwanderungen von Arbeit- und Hilfe-Suchenden und pumpt sich Kapital für die nächste Legislaturperiode.

Stille wohnt in der Stadt. Sie sitzt in der Haut des alten Mannes. Dessen Zorn sitzt hinter einer dieser vielen Hausmauern. Er hat seine Augen auf das Fensterkreuz vor sich fixiert. Er lebt seit seiner Geburt in dieser Stadt. Wurde hier gesäugt. Hat gespielt, gelernt, gearbeitet, gezeugt und ist nun alleine und gekreuzigt an einen Stuhl. Das Grau der Straßen und Häuser, der Gardinen vor dem Fensterkreuz nagen an dem Mann. Seine Stimme ist in den Lärmnebeln entwichen. Seine Augen verlieren sich in dem blühenden Grau. Er hört Stimmen in den Träumen, die Tage und Nächte begleiten. Die Zeit der Antworten ist erstickt. Die Hände greifen lahm nach Nahrung. Und die Haut atmet einen matten schleifenden Geruch aus. Der Zorn will diese Zeit nicht, die man nicht haben kann. Vielmehr besetzt die Zeit Hoffnung

15

und Zorn. Setzt einen da oben in das graue Zimmer mit dem grauen Ausblick.

Laut kreischen die Farben der kurzberockten Tänzerinnen über die breite Straße. Lippenstiftrote Lackröcke, leichte Lässigkeit tanzt in die Zeit der Stadt. Ein Wimpernschlag aus Glück fährt durch den Leib des jungen Weibes und fällt zwischen torkelnden Plastikfetzen in die Abflussrinne neben dem Trottoir.

Es kreißt und modert, lockt und vertreibt, leuchtet und blendet in der Stadt. Aus den Flugzeugen, Bahnen, U-Bahn-Schächten und der Kanalisation, von den Türmen der Gotteshäuser fallen Nachrichten in die Straßenschluchten auf die Treibenden und Getriebenen. *Mehr* steht da, noch mehr. Und nicht immer genau hinsehen. Lieber auf die Karte des Restaurants. Diese halte ich in der Hand und entscheide mich für ein letztes Glas Rotwein.

Ich werde zum Hotel gehen und den grauen Bettler und seine Bündel nicht beachten. Die Stadt hat irgendwo ein Bett für ihn.

Ich denke an das Ziel von morgen.

Die kurzen Träume ähneln einem Abreißkalender. Aus den hohen Hallen der Fabrik dröhnen die Maschinen nach Aufträgen, die Bildschirme der Computer zeigen Handlungsbedarf, die Heckleuchten der Fahrzeuge auf der nächtlichen Autobahn bilden eine Nabelschnur von einer Stadt zur nächsten, die Zufahrtstraße wölbt sich auf, bildet bald eine Röhre, über mir die Bürgersteige. Die Lichter der Häuser fallen unter mich. Das Gesicht eines wichtigen Kunden schwebt vor mir wie ein Luftballon und verbindet sich mit dem dunkler werdenden Grün der Alleebäume. Blitze zischen aus den Zweigen und erleuchten knallrote Münder am Straßenrand. Riesige Müllautos schlucken den Straßenzug und ich fliege mit in ein abstürzendes Dunkel.

Zum Frühstück nehme ich die Akte des Kunden aus Rostock mit und blättere sie neben dem Kaffee durch. Die Träume habe ich weg geschoben und konzentriere mich auf meine Aufgabe. Planmäßig starte ich den Leihwagen in der Tiefgarage. Schnell werde ich in ihm ein Teil dieser Blechschlange, die sich durch die Strassen von Berlin zieht. Ich folge dem Plan des Navigators wie immer. Sicher finde ich die richtige Autobahnauffahrt. Nach etwa zwanzig Minuten sehe ich schon das Hinweisschild zur Autobahn nach Rostock.

Ich habe mich richtig eingeordnet, kurz mit der Firma telefoniert, damit man weiß, dass alles plangemäß läuft. Wenn es keine besonders großen Unfälle auf der Strecke geben wird, werde ich pünktlich beim Kunden sein.

Vor mir öffnet sich ein Tunnel auf dem Autobahnzubringer. Mit Richtgeschwindigkeit fahre ich hinein.

Es fährt mich. Nie und nimmer könnte ich aussteigen. Die beplankte Straße lenkt mich. Ich bin in einer Kette, gezogen, kenne deren Anfang nicht. Eine Autokette, von der ein Glied schon in Rostock ist und ein anderes aus den Räderwerken Berlins hinausgleitet. Oder geschoben wird. Oder ausgestoßen, weil das Gesicht von gestern am neuen Tag nicht mehr gebraucht wird. Es gibt genug Gesichter. Bis auf die auf den Litfasssäulen, den Leinwänden, den Reklametafeln, den großen Bühnen, in den Stadien. Die werden digitalisiert und gezoomt und gedruckt und gesendet. Bis sie von der einen Stadt in die nächste gespuckt werden und irgendwann nicht mehr nach ihnen gefragt wird.

Ob das Hütchen sich an mich erinnern wird?

Morgen werde ich den Leihwagen zurückgeben.

Bestien

Ein Abendfest bei Hella. Gute Bekannte sind geladen. Die beste Freundin Irmgard ist auch dabei.

Irmgard kann man wirklich bei jeder Gesellschaft gut gebrauchen. Man setze sie einfach in irgendeinen beliebigen Kreis. Was wird sie tun? Sie wird reden. Sie redet zu jedem aufkommenden Thema.

Manche würden sagen, dass sie plappert. Plappert über Haarprobleme, den fettbedingten mittleren Ring an dem älter werdenden Körper. Aber das hat ja jeder.

Der Wein, der heute Abend bei diesem Fest gereicht wird, hat einen sympathischen Charakter, *fummelt* so ein bisschen die Seele an, sagt Karin. Irmgard hört das gar nicht, weil sie über ihre Salatbeete redet. In ihrem Garten. Um den Betonklotz herum, den man Eigenheim nennt. Oben am Hang über der Stadt. Mit Hund. Und Kindern, die gelegentlich aus großer Entfernung anreisen und so herrlich erfolgreich sind. *Ja, und der Mann. Der ist viel unterwegs.*

Vor dem nächsten Schluck aus dem Glas schafft Irmgard noch einen Hinweis auf Mäuse. Das hört jemand und wiederholt.

Wie, Mäuse? Sie hatten Mäuse in dem schönen Haus?

Karin hat nicht ganz hingehört, weil drüben, auf der anderen Seite des Tisches, gerade über die Aussichtslosigkeit der politischen Kräfte geredet wurde, was ihre Aufmerksamkeit band.

Karin hatte auch schon Mäuse in ihrer Wohnung. Eigentumswohnung. *Das war vor Jahren. Es war nur eine. Igitt!*

Gibt es Mäuse, die Irmgard heißen?

Das Gespräch führt sehr schnell weiter zu anderen Lebewesen. Eichhörnchen, die in den Dachgartenkübeln im Vorwinter ihre Nüsse verstecken und Ratten. Bei der Erwähnung von Ratten gruselt es Irmgard:

Igitt, das sind doch wahre Bestien!

Sie hört weg als Karin sagt, dass Ratten überlebensfähiger seien als Menschen. Diesen Ansatz will erst niemand verfolgen. Hella hinterfragt die Anmerkung von Karin.

Was meinst du mit überlebensfähiger?

Nun, sie sind anpassungsfähiger als der Mensch. Wenn man ihnen ein bestimmtes Gift verabreicht, sterben zunächst ein paar Tiere. Dann entwickeln sie Gegenstrategien und sind gegen dieses Gift immun.

Menschen sind das nicht, streut Irmgard ein.

Karin berichtet weiter:

Ratten sind erstaunliche Überlebenskünstler und können sich gut anpassen. Zum Beispiel können sie sich in Notzeiten von den abenteuerlichsten Dingen wie beispielsweise

Seife, Leder, Papier, Textilien und Holz ernähren. Sie verschmähen dann natürlich auch tierische Kost wie z.B. Würmer, Insekten und kleine Vögel nicht.

Wenn das einmal mein Alter könnte! wirft Irmgard dazwischen. *Würmer essen. Wie ich es ihm gönnen würde!*

Wieso, fragt Hella, ich denke dein Mann ist ein Überlebenskünstler. *Hast du nicht bei unserem letzten Treffen erzählt, dass er die Krise in seiner Firma gut überstanden hat?*

Stimmt. Habe ich erzählt, aber dafür musste der andere Prokurist gehen. Mein Albert hat ihn ausmanövriert, den Herbert, seinen Kollegen. Er hat ihn quasi das Gift fressen lassen.

Ist das nicht clever? Er hat überlebt.

Und was haben wir davon? Er hätte auch eine andere Lösung akzeptieren können. Eine, die kein Opfer verlangt hätte. Sie hätten sich mit weniger Einkommen abfinden können. Alle.

Da kenne ich mich nicht aus.

Karin denkt Bestie.

Wollt ihr noch mehr über diese Tiere hören? Da eine kleine Pause eingetreten ist, informiert sie weiter:

Es sind sehr fruchtbare Tiere. Schon nach sechs Wochen nach der Geburt tritt bei ihnen die Geschlechtsreife ein.

Die fehlt meinem Alten manchmal, kommentiert Irmgard.

Das verstehe ich jetzt nicht, meint Karin und ergänzt: *im Jahr gibt es sechs bis acht Würfe. Was ich ganz interessant finde, die Paarungsbereitschaft geht von den weiblichen Tieren aus.*

Dagegen ist ja nichts zu sagen, meint Hella, hebt ihr Glas und prostet allen mit den Worten zu: *danke für den kleinen Vortrag unserer Biologin, aber ich denke, dass wir nun dieses Terrain verlassen.*

Sechs bis acht, spricht Irmgard vor sich hin und nippt an ihrem Glas. *Da kommen wir nicht hin.*

Hella schaut in die Runde und holt noch zwei Flaschen Wein.

Irmgard kramt in ihrer Handtasche und sucht nach ihrem Handy: *Ich werde Herbert doch anrufen.*

Der Schrei

Ein schriller, schneidender, fast schmerzender Schrei schreckt Georg aus dem morgendlichen Restschlaf und zwingt ihn aus dem Bett, presst sein Gesicht an die nachtfeuchte Scheibe des Schlafzimmerfensters. Es ist nichts zu sehen. Nichts Besonders auf der Straße. Grau glänzen die Pflastersteine und spiegeln das blasse Licht der Leuchtwerbung des benachbarten Kolonialwarengeschäftes wider. Hin und wieder rollen die Reifen vorbeifahrender Autos über dieses Pflaster und hinterlassen für wenige Momente Profilspuren wie einen Hinweis, dass es weiter geht. Sie hinterlassen noch andere Spuren, die des verbrannten Treibstoffes.

Georg hat eine gute Nase. Er riecht seine Wohnung, seine Möbel, die verschiedenen Düfte der Speisen, die er sich gelegentlich selbst zubereitet. Er findet sich in seiner Wohnung nach den Geruchsspuren zurecht. Er riecht seine Wege. Er kann sie, von seiner Nase geführt, sogar zurückverfolgen. Und er riecht seine Katze Peterle und weiß, ohne zu schauen, wo sie sich in seiner Wohnung befindet.

Der schrille Schrei ist schon lange gestorben. Schreie kann man nicht riechen.

Georg riecht sein Bett und überlegt, ob er dessen Anziehungskraft nachgibt oder den Tag wegen des Schreis früher beginnt als sonst.

Sein Entschluss quält ihn, sobald er ihn gefasst hat. Sein Körper wird dank des Entschlusses, nun doch nicht mehr ins Bett zurück zu gehen, in die Küche geschoben. Die Kaffeemaschine verlangt bedienende Hände und zerblubbert ein paar Minuten der Küchenzeit.

Immer, wenn Georg seinen Morgenkaffee zubereitet, riecht er die zunehmende Nähe von Peterle, der mit Georg zusammen seine Morgenmilch schlabbert. Peterle ist eigensinnig wie alle Kater, aber er hat eine Eigenheit, auf die Georg sich verlassen kann. Er ist pünktlich von seinen nächtlichen Ausflügen zurück zur Morgenmilch.

Heute riecht Georg Peterle nicht. Die Milch aus dem auf dem Küchenboden stehenden Napf lässt ihren Geruch ohne die fellige Begleitung aufsteigen und beunruhigt Georg. Heute ist der Tagesbeginn anders als an allen vorangegangenen Tagen. Ein schriller Schrei, ein schmerzlicher, da draußen.

Und Peterle ist nicht zur Morgenmilch gekommen.

Die Spur von Peterle führt zu dem kleinen Badezimmerfenster, welches Georg immer für ihn geöffnet hält, wenn er zu seinen nächtlichen Streifzügen entschwindet und später wieder in die Wohnung zurück will.

Georg schnuppert die alten Geruchsspuren von Peterle auf und weiß, dass er nicht durch das kleine Badezimmerfenster zurückgekommen ist. Er muss seinen Kater suchen.

Das Aroma des Bodenpflegemittels im Treppenhaus prallt an Georgs Wohnungstür ab und sinkt über die Treppenstufen bis zur Haustür, durch welche es beim gelegentlichen Öffnen auf die quadratischen Platten des Bürgersteiges schubweise entweicht. Georg schätzt dieses Aroma nicht sehr, aber es berichtet ihm, dass er in seinem Haus ist und er lässt sich davon umarmen, als er, ohne den Morgenkaffee zu Ende genossen zu haben, seine Wohnungstür von außen verschließt, um die Spur von Peterle aufzunehmen.

Als er sich auf dem Treppenabsatz vor seiner Wohnungstür umdreht, schlägt ihn schwarzer Geruch. Ein praller übertünchender Schlag aus einer unbekannten Ferne packt seine Sinne und lässt ihn auf der Stelle erstarren.

Er riecht den Tod.

Auf dem Treppenabsatz steht ein alter Schuhkarton. Jetzt riecht Georg den schrillen schmerzenden Schrei. Peterle hat seinen felligen Schnurrgeruch unten gelassen, unten auf dem nachtfeuchten Pflaster. Hinter einem kurzfristige Spuren hinterlassenden Gefährt.

Georg schaut nicht in den Karton. Das Treppenhausaroma trägt ihn auf die Straße. Nicht weit von der Haustüre entfernt wittert er den felligen Geruch von Peterle, angereichert und gepaart mit einer Dieselabgasfahne.

Georg kennt die unterschiedlichen Visitenkarten der mobilen technischen Errungenschaften, den knattrigen Ablass der alten Zweitakter hat er schon in seiner Jugend aufgenommen. Die Treibstoffgase der benzinverzehrenden Mobile kann er gut von dem weichen Duftkot der Dieselfahrzeuge unterscheiden.

Er folgt der Felldieselspur, wobei der Anteil des Fellgeruches rasch entschwindet. Aber Georg bleibt an der Duftspur. Er kann keine Rücksicht auf die vorbei fahrenden Mobile nehmen. Er will den Täter finden. Sein Körper neigt sich zu dieser Aufgabe tief herunter, krümmt sich sichelartig, schneidet die Duftscheiben der Straßen durch und ist unempfindlich gegen jeden um ihn aufsteigenden oder fallenden Ton. Einer dieser letzten Töne kommt von der standardisierten Sirene eines Krankenwagens.

Georg kann keine Zeit riechen. Aber neue Räume. Es riecht hell, weiß. Weiß riecht auch die Schwester, die in den Raum tritt.

Sie schaut wie eine Katze.

Fahrtreppe

Als der würdige ältere Herr sich der Höhe, die es zu überwinden galt, bewusst wurde, beschlich ihn eine unbestimmte Angst. Er meinte sie in seinem von Hand sorgfältig gebügeltem Hemd oder seiner graublauen Weste zu spüren. Beide waren ja nah an seinem Herzen. Könnte das eine Gefahr sein, etwas Böses, Unerwartetes? Er nahm die stille Frage einfach nicht an.

Dieser Blick hinunter. Und so steil. Die Abfahrt mit der Fahrtreppe. Es könnte ja sein, dass er fallen würde. Er sollte sich an dem Handlauf festhalten. Das würde ihm Sicherheit geben. Aber das hatte er noch nicht nötig. Dafür war er doch noch nicht alt genug. Es könnte eigentlich sein, dass er fallen könnte, obwohl die Treppenstufen aus geriffeltem Aluminiumguss einen stabilen Eindruck machten.

Die Stufen konnten an sich keine Unsicherheit erzeugen und waren auch nicht Schuld an der zu überwindenden Höhe.

Selbstverständlich nicht, aber sie gehörten nun einmal zu diesem Szenario in dem großen Kaufhaus.

Er betrat die Fahrtreppe mit der Selbstverständlichkeit, die einen beim Besuch eines Kaufhauses begleitet. Er war sich sicher, seine Hand nicht auf den schwarzen hartgummiartigen Handlauf legen zu müssen. Er fühlte sich sicher und ging immer gerne in dieses Kaufhaus.

Man möchte etwas einkaufen, weil es zuhause fehlt, oder man möchte etwas erwerben, was irgendwann benötigt werden könnte, oder man bummelt einfach nur neugierig durch die verschiedenen Abteilungen. Man hat ja Zeit dafür. Es könnte ja sein, dass einem irgendetwas gefällt, was man dann auch haben möchte. Es soll ja nicht am Geld mangeln. Er hatte das höchste Stockwerk besucht.

Dort gibt es schon seit Jahren Bücher und Computer, Zubehör für Computer und elektrische Kleingeräte. Komisch war für ihn, dass die elektrischen Rasierapparate im untersten Geschoss angeboten wurden und nicht dort oben.

Er hatte sich vor ein paar Wochen einen neuen elektrischen Rasierer kaufen müssen, weil es für den alten Apparat keine Scherblätter mehr gegeben hatte. Aber das war in diesem Moment nicht wichtig. Eigentlich könnten die Abteilungen beieinander liegen.

Auf der parallel montierten Fahrtreppe, die die Kunden aufwärts beförderte, fuhr eine ältere Dame mit einem hellen Hut ohne Krempe aufwärts. Sie trug anders als viele Damen ihres Alters keine Sonnenbrille. Sonnenbrillen sind in diesen Tagen ein unabwendbares Accessoire des modischen Menschen. Der Mann auf der ihn abwärts bewegenden Fahrtreppe trug auch keine Sonnenbrille. So schaute er der fremden Dame entgegen, sein Kopf folgte ihr.

Der Aufwärtsbewegung folgend drehte er sich leicht zur Seite und versuchte, den weiteren Weg der Dame mit seinen Blicken zu verfolgen. Die durch diesen Versuch notwendig gewordene Drehung seines Körpers führte zu einer leichten Störung seines Gleichgewichtgefühls, sodass er sich ungewollt umdrehte und festen Halt an dem Handlauf suchte, suchen musste. Er sah, wie die Treppenstufen unter dem im unteren Geschoss montierten Kamm verschwanden.

Der Dame ohne Sonnenbrille konnte er nicht mehr nachschauen. Er traute sich nicht. Er starrte jetzt auf diese Zähne am unteren Ende der Fahrtreppe, dem sich nähernden Ende seiner Abwärtsfahrt, dorthin, wo die ineinander kämmenden Zähne der Plattform und die Stege der Treppenstufen ineinander glitten, wo kleine Papierröllchen auf der Stelle gegen die Fahrtrichtung der Fahrtreppe kullerten und sich das Ende der Abwärtsfahrt anbahnte.

Seine handgenähten Lederschuhe überwanden dieses Hindernis. Die ältere Dame ohne Sonnenbrille war nicht mehr zusehen, als er sich umdrehte.

Wenig später gelangte er auf den großen Platz vor dem Kaufhauseingang.

Diese Technik ist ja doch tückisch. Sagte der ältere Herr zu sich und ging langsam über den Platz vor dem Kaufhaus.

Grüner Champagner

Elvira verbrachte ihren Urlaub an der französischen Riviera. Von dort rief sie ab und zu ihre Freundin Christa in Berlin an, um ihr von ihren Urlaubserlebnissen zu berichten. Während ihres letzten Anrufes erwähnte sie begeistern *Grünen Champagner*.

Das ist doch Quatsch. Es gibt keinen grünen Champagner.

Doch, glaube mir. Ich muss Dir das genau erzählen, wenn ich zurück bin.

Nein, erzähle doch jetzt gleich.

Das würde zu lange dauern. Außerdem habe ich jetzt noch eine Verabredung.

Schade. Na, Du kommst ja bald.

Ein paar Tage später ist sie zurück. Christa holt sie am Flughafen ab. Sie umarmen sich.

Du siehst gut erholt aus, wirklich, ich bin neidisch.

Wärst Du doch mitgekommen!

Du weißt doch, dass das nicht möglich war.

Du siehst chic aus. Neue Bluse?

Habe ich schon ein paar Tage. Komm, wir fahren zu Charles.

„Chez Charles" ist ein Bistro mit mediterranem Ambiente.

Christa fährt und drängelt:

Nun erzähle schon. Was hast Du alles erlebt?

Gut, dass wir bei Charles sind. Sonst wäre die Umstellung zu krass. Es war wie im Jenseits!

Die Freundinnen sitzen im „Chez Charles" an einem Fenstertisch. Prosecco.

Christa prostet Elvira zu. *Ich bin ganz Ohr! Wie im Jenseits? Wer ist der Adam? Und was ist das für eine Geschichte mit dem grünen Champagner?*

Elvira schaut verträumt auf ihr Glas.

Prosecco ist ja gut. Aber das absolut Andrehende ist Champagner, grüner Champagner.

Du sollst mir jetzt nichts vortrinken oder von französischen Getränken erzählen. Erzähle mir lieber Deine Erlebnisse. Ich bin irre neugierig.

Also gut. Ich habe Jean-Jacques kennengelernt

Ein richtiger Franzose?

Es waren natürlich viel Deutsche da, in Nizza. Aber ich wollte keinen Kontakt zu Deutschen. Ein bisschen französisch kann ich ja noch. Das wollte ich probieren. Jean-Jacques habe ich schon am ersten Abend gesehen.

Wie sieht er aus?

Etwas größer als der Durchschnitt, schwarze Haare, dunkelbraune Augen mit Einblick in die Seele.

Das scheint ja ein Volltreffer zu sein. Warst du viel mit ihm zusammen?

Es war einfach toll – und stelle dir nur vor – er arbeitet für seine Firma aus Paris in Berlin. Er hat noch eine Woche Urlaub. Dann wird er hier sein. Ich kann es kaum aushalten.

Das ist ja nicht normal. Hast du ein Glück! Und was habt ihr zusammen unternommen?

Er kennt sich gut aus an der Côte d'Azur und in Nizza.

Keine Umschweife. Hat er Dir nur die Stadt gezeigt?

Entschuldigung, aber ich schwärme immer noch. Jean Jacques hat mir den Parc Phoenix – den botanische Garten - gezeigt, dort werden sieben tropische Klimazonen präsentiert. Er kann so gut erklären. Und dann dieser Champagner. Hast du jemals grünen Champagner gesehen und getrunken?

Ich bin ja wirklich keine Fachfrau, aber grünen Champagner gibt es nicht. Es gibt en Grünen Veltliner aus Österreich. Aber das ist das einzige Getränk, was ich mit grün in Verbindung bringe. Und grüner Tee.

Christa lacht und bestellt noch zwei Gläser Prosecco.

Also, ich erzähle es Dir jetzt genau. Jean Jacques hat mich zu einem Ausflug eingeladen. Nach Saint Paule de Vence. Von dort blickt man weit über das Meer. Wir saßen auf der Terrasse eines kleinen Restaurants. Mächtige Bäume schützten uns vor den direkten Sonnenstrahlen und Jean-

Jacques bestellte als Aperitif Champagner. Er erklärte mir, dass er jeweils den ersten Schluck nach einer kleinen Behandlung – es hörte sich ein wenig lustig an – Be-andlüng – trinken würde. Jedenfalls leuchtete der Champagner unter seiner Hand grün. Es war faszinierend.

Und was habt ihr geredet?

Stelle dir nur vor, er hat mir die Augen geöffnet.

Wie, was hat er dir getan? Ist er frech geworden?

Nein, nein, es geht um die schlanken Frauen. Er hat mir erklärt, warum die meisten Frauen in Frankreich schlanker sind als in Deutschland.

Aha, und woran liegt es?

Es ist ganz einfach. Sie essen nicht, sie genießen. Wenn der Reiz des Genusses eines Mehr-Gänge-Menüs sich dem Höhepunkt nähert, hören sie mit dem aktuellen Gang auf und wenden sich dem nächsten zu. Das Motiv ist nicht die Sättigung, sondern der Genuss in Stufen. Dazu nehmen sie natürlich oft Champagner.

Das muss man sich leisten können. Ich könnte das nicht.

Das ist in Frankreich doch anders. Andere Sitten eben.

Mit grünem Champagner. Das kann ich nicht glauben.

Doch unter seiner Hand. Wie ein kleiner Zauber.

Ich glaube, dass Du verzaubert bist von Deinem Jean-Jacques. Ich gönne es Dir. Ist er denn auch immer brav gewesen, oder hat er versucht, Dich zu bedrängen?

Er ist nicht nur ein gut aussehender und sympathischer Mann. Er ist ein Kavalier. Er hat die Autotür aufgehalten, den Stuhl für mich an den Tisch geschoben, mir die Hand geküsst, auch am Abend, wenn es schon etwas später war und wir nach dem Essen noch etwas getrunken hatten. Er freut sich auf ein Wiedersehen in Berlin.

Dann will ich ihn kennen lernen. Und sehen, wie er zaubert. Grüner Champagner.

Christa lacht und prostet Elvira zu. Sie bringt Elvira zu ihrer Wohnung.

Die beiden Freundinnen verabreden, dass sie sich spätestens wieder sehen werden, wenn Jean-Jacques in Berlin ist.

Wir können ja heute Abend telefonieren. Wenn Du mit deinem Jean-Jacques zu Ende geturtelt hast. Und wenn er in Berlin ist, dann lässt Du ihn zaubern. Den grünen Champagner. Am besten Chez Jacques.

Mit diesen Worten verabschiedet sich Christa.

Elvira ist glücklich. Sie öffnet alle Fenster in ihrer Wohnung, spürt mit wohligem Empfinden die bewegte Luft und summt vor sich hin. Sie hat überhaupt keine Lust aufs Fernsehen und gibt sich ihren Träumen an ihren Urlaub hin. Sie freut sich auf die baldige Begegnung mit Jean-Jacques. In einer Woche.

Die Maschine landet pünktlich im Flughafen Tegel. Jean-Jacques sieht wirklich gut aus, denkt Elvira und lässt sich gerne von ihm in den Arm nehmen. Sie fährt mit ihm zum Bistro Chez Jacques. Unterwegs erzählt sie ihm von ihrer Freundin Christa. Sie sei neugierig, wie der grüne Champagner schmeckt. Sie sollten doch zusammen ein Glas trinken. Der Abend würde dann nur ihnen gehören.

Jean-Jacques hört etwas irritiert zu, als sie von grünem Champagner spricht, aber seine Höflichkeit verbietet ihm, noch während der Fahrt auf die Frage nach dem grünen Champagner einzugehen.

Glücklicherweise ist ein Fenstertisch bei Chez Charles frei. Christa gesellt sich kurz nach dem Eintreffen von Elvira und Jean-Jacques hinzu. Champagner wird serviert. Jean-Jacques übernimmt den Service. Nachdem die Gläser gefüllt sind, senkt er seine Hand über sein Glas und führt eine Drillbewegung über dem Glas aus. Elvira schubst Christa an.

Schau doch! Es ist grün. Grüner Champagner.

Jean-Jacques schaut erstaunt auf.

Ja, aber nur einen Moment. Mein Sektquirl ist aus blauem Glase. Und mit dem goldfarbenen Champagner gibt es einen grünen Schein. Ich mag nur wenig von den Champagnerperlen. Sehr zum Wohle!

Heimatpost

Ann-Kathrin stand mit verschränkten Armen auf dem Balkon ihrer kleinen Wohnung und widmete sich dem Flug der herbstlichen Wolken. Sie gönnte sich eine Arbeitspause. Ihrem Chef hatte sie versprochen, die Berechnungen in den Tabellen zuhause an ihrem Computer abzuschließen. Das war ein Vertrauensbeweis für sie, weil es sich um vertrauliche betriebsinterne Daten handelte. Sie hatte zwar keine große Lust, wollte aber ihre Zusage halten.

So betrachtete sie die vorbei fliegenden Wolken und gab sich der Phantasie hin. Sie deutete die Figuren der Wolken. Eine sah aus wie ein Eichhörnchen. Daraus wurde ein Elefant, aber nicht so wirklich. Dann ein Mann mit Krücke. Gebeugt. So wie Großmutter. Damals in Bingen. Immer zurückhaltend freundlich. Immer zum Trost bereit, wenn etwas wehtat. Im Herzen oder am Knie. So lieb. Zu allen. Zur ganzen Familie. Inzwischen ist die Familie weit zerstreut. Ann-Kathrin empfand Sehnsucht. In den Arm genommen zu werden. Und ein paar liebe Worte. So wie bei Großmutter. Sie wachte durch einen tiefen Seufzer aus ihren Wolkenträumen auf und hörte im Hintergrund das leise Surren des Computer-Ventilators.

Ich könnte mal nach der Post sehen.

Sie kehrte langsam an ihren Schreibtisch zurück und schaute E-Mails durch.

Der Absender der ersten E-Mail war ihr nicht bekannt. Dass sie trotzdem aufmerksam auf den Bildschirm schaute, lag an dem Betreff: *Familie*. Familie, das ist ein Reizwort für sie. Ihre Familie ist in alle Winde verstreut. Es gibt fast keine Kontakte. Familie, das ist zwei Mal Oma und Opa, Mutter, Vater Schwestern und Brüder und ziemlich ungezählte weitere Verwandte in verschiedenen Graden.

Wer von der Familie sollte ihr schreiben? *Woher hat man meine E-Mail-Adresse?*

Der Name des Absenders sagte ihr nichts. *Der Absender muss ja nicht den Familiennamen tragen. Durch Heirat kommen ja andere Nachnamen dazu.*

Ihre Familie hat ihre Wurzeln in Ostpreußen.

Dort ist jetzt niemand mehr von den Verwandten. Das liegt an der Flucht während des Zweiten Weltkrieges und der damit verbundenen Enteignung. Ist doch jemand dort geblieben? Mit russischem Namen?

Sie beschäftigte sich mit einem Blick zurück.

Das ist so, als wenn man an einem Fluss steht, dessen Quelle zu versiegen droht. Wenn man flussabwärts, also „zurück" geht, wird der Fluss immer schmaler und der Weg zur Quelle ist ein trockenes, kieseliges Flussbett, was sich in einen zugewachsenen

Wasserpfad verwandelt, nach dessen Sinn zu fragen sich vielleicht nicht mehr lohnt.

Sie gab den Gedanken auf und las den Text des noch unbekannten möglichen Verwandten:

Habe Ihre Adresse im Internet gefunden. Kennen Sie Mitglieder der Familie mit Ihrem Nachnamen, die in Gumbinnen oder in der Nähe gelebt haben? Ich erforsche den Stammbaum der Familie und würde mich freuen, wenn Sie mir behilflich sein könnten. Mit freundlichem Gruß.

Darunter der Name, so wie im Kopf der E-mail. Keine Adresse, keine Telefonnummer.

Was sollte mich daran hindern, auf diese Familien-Post zu antworten? Meine Großeltern haben ja dort gelebt. Das ist ja kein Geheimnis.

Sie antwortet:

Meine Großeltern väterlicherseits haben in Goldap gelebt. Gegen Ende des Zweiten Weltkrieges flohen sie nach Fehmarn. Beide leben nicht mehr.

Ein Klick und die Nachricht war weg. Sie geriet ins Grübeln über Familie.

Familie, das bedeutet Heimat, Geburt, Hochzeit, Ehe, Tod, Muttererde. Heimat ist Zugehörigkeit, Gefühl der Geborgenheit, Wohlfühlen, Ort der immer wieder kehrenden Sehnsucht. Heimat ist aber auch bedrückend, weil sie einengend sein kann. Sie gibt in einem gewissen Maße Verhaltensmuster vor. Diese bestimmen, ob man „dazu gehört".

Das gilt dann wohl auch für die Familie. Familiäre Tradition übt einen gewissen Druck auf die Familienmitglieder aus. Man muss in der Spur bleiben.

Ann-Kathrin fragte sich nach ihrer eigenen Familie. Die Familienmitglieder waren in verschiedenen Orten verstreut.

Sie haben sich so voneinander entfremdet. Die Kontakte sind nicht sehr zahlreich. Weihnachten ist da ein Höhepunkt. Und Geburtstage, Und Beerdigungen. Mehr ist nicht übrig geblieben.

Ob auf meine E-mail eine Reaktion kommt?

Ann-Kathrin wurde neugierig auf Familie und Heimat. Das verzögerte zwar die Fertigstellung der Tabellen für ihren Chef. Aber sie wollte einfach mal ein wenig recherchieren.

Sie stöberte im Internet nach Namen aus der alten Heimat. Es war so, als wenn man die Dachkammer eines alten Hauses besucht und Dinge findet, die nur noch einen Nutzen haben: Sie sind da. Natürlich ist es im Internet nicht staubig. Aber dieses Stöbern war ein doppeltes Alibi: für die Untätigkeit der Familie und für das vorübergehende Liegenlassen der Arbeit für den Chef. Ann-Kathrin fand Landkarten, Katasterauszüge und viele Namen. Aber das interessierte sie nicht wirklich.

Warum ist die Familie nicht mehr so beisammen wie früher? Liegt das an der Flucht damals? An diesem gewesenen

Krieg? Das ist doch zu lange her. Ob ich et-
was ändern kann? Ich sollte die verbliebenen
Verwandten vielleicht doch mehr anrufen.

Sie entschied sich, zunächst auf die Antwort des noch unbekannten möglichen Verwandten zu warten. Der Spaziergang im Internet und im Kopf war schnell beendet. Sie nahm die Arbeit mit den Tabellen für ihren Chef wieder auf. Die Sachen sollten schließlich am nächsten Tag fertig sein.

Während der nächsten Tage war Ann-Kathrin doch etwas gespannt wegen der „Familien-Antwort". Die eingehenden E-Mails beachtete sie aufmerksam.

Heute sind ihr zwei Nachrichten aufgefallen: *„Sonderangebot Heimatfilme – nur gültig bis Ende der Woche!"* und *„Familienausflüge an diesem Wochenende besonders preiswert!"*

Ihr Schwur

Die Schienen der alten Dorfeisenbahn werden noch länger als hundert Jahre da liegen. Das sind mehr Jahre, als das restliche Leben eines erwachsenen Menschen.

Auch das von *Liebi*.

Man hat sie so genannt, weil sie ausnehmend lieb war. Für jeden hatte sie ein gutes Wort und wurde für ihre herzliche und freundliche Hilfsbereitschaft nicht nur gelobt, sondern auch ausgenutzt. Auch von Björn. Er war einfach ein Mann für Frauen. Auch für Liebi. Sie hatte als Krankenschwester ihre Aufgabe in der Klinik und unterstützte ihn. Auch finanziell. Er studierte und verdiente kein Geld. Sie half. Er ließ sich helfen.

Irgendwann hat sie sich auf ihn eingelassen. Damals, während seines Studiums. Schwanger wurde sie. Und er war zu der Zeit auch bei einer anderen. Sie entschuldigte sich. Wegen de Bauches. Sie wolle abtreiben. So ein Unkind von einem lustgeilen Fremdgeher!

Das war.

Die Schienen lagen damals auch schon.

Jetzt ist sie alleine und kämmt ihre langen Haare. Sie reichen runter bis zum Po. Schienenglänzende schwarzbraune wallende vormals gestreichelte Haare. Ihr Coiffeur hat die ersten grauen Haarfäden erfolgreich versteckt, in die Vergangenheit geschickt.

Es ist ein ungeplanter Morgen. Sie schaut nicht auf die Uhr. Weil es egal ist. Die

43

Zeit ist etwas, was ihr den Mann genommen und das Kind gegeben hat.

Zeit macht ihr Angst. Sie sieht zwar die Weichen in die Zukunft, aber fürchtet die Ziele hinter den Weichen. Für sie sind die Weichen verstellt.

Bevor sie die Zähne putzt, fasst sie mit beiden Händen unter ihre nachthemdbedeckten Brüste und hebt sie leicht an. Wie hatte sie es genossen, als ihre Brüste liebkost wurden. Dass sie Nahrung gegeben haben. Dass sie Namen bekommen haben. Schmusenamen. Sie selbst hat ihren Namen, den sie von ihren Eltern bekommen hat, nicht oft gehört, weil ihre Freunde und Freundinnen sie wegen ihrer netten Person Liebi nannten. Eine zweite Taufe.

Sie lässt die Brüste wieder in die natureigene Position zurück und greift nach der elektrischen Zahnbürste. Das Mundwasser schmeckt wie gestern. Lidstrich. Lippenstift. Make-up. Slip. Büstenhalter. T-Shirt. Frühstück.

Ich muss ja keinen Aufwand treiben. Bin ja alleine. Also nehme ich den Käse direkt aus dem Papier. Den Joghurt aus dem zu entsorgenden Plastikbecher. Muss ich nicht in ein Porzellanschälchen gießen. In den Schränken werden Meißner-Porzellan-Geschirre vor dem Zustauben geschützt.

Das Schweigen des Raumes wird durch das Einschalten des regionalen Radiosenders erstickt. *Ein wenig Schinken kann ich ja noch nehmen.*

Das Telefon.

Die Schienen der Dorfeisenbahn. Sie rufen an. Liebi hört schweigend in sich. Kein Dialog.

Sie ist vierundvierzig Jahre alt und legt sich quer auf die Schienen der alten Dorfeisenbahn. Mit ihr liegt Hoffnung. Warten auf ein Ereignis. Sie liegt da und sieht sich selbst liegen. Sie will Zukunft. Die liegt weit entfernt an diesen Schienen. Weiter weg. Sie ist mit dem Warten verbunden. Sie leistet einen Schwur. Eine Verschwörung zum Warten.

Ihr Lieblingssessel, einziger Zuhörer an den grauen Abenden, beginnt, zu seiner Natur zurückzukehren. Er zeugt Wurzeln und streckt sich, die Sitzende zu umarmen. Das gerade noch gehaltene Buch versetzt sich selbst in seine Herkunft zurück, wird tintig, schleimige Masse von Spänen aus gefälltem Holz, Zellstoff, Derivat von Holz, aus dem auch die Schienschwellen sind. Gesägt, abgesägt, wie die Verbindung zu diesem Mann, der den Samen spendete für das Kind, das die Schienen der Dorfeisenbahn nicht kennt.

Die Augen der Verschwörung verengen das Blickfeld auf das Schienenpaar, welches dort hinten dem Fluchtpunkt zueilt. Abendnebel verschluckt das Bild und die Gleise der Dorfeisenbahn verbinden sich mit der fallenden Feuchte des Nebels und erzeugen Spuren von Rostbelag. Der Rost klettert an dem Leib von Liebi hoch, erfreut sich an der Verwandtschaft mit den fallenden, wallenden, vorher gekämmten Haaren und begehrt sie, um sich mit ihnen farbgleich zu vereinen. Bewegungslos entwickelt sich Liebi zu einer liegende Säule, die auf einen erhebenden Sockel verzichtet.

Gefallene Statue. Erinnerungen erkriechen sie von dem leichten Flugrost der Schienen aufsteigend. Ihr Kichern taumelt voran mit den Händen von Björn, der einst streichelnde Angeschmiegte. Diese Hände und ihre Folgen wurden in Erinnerungen und Windeln verpackt. Später wurden die Windeln zur heimischen Wäsche. Angeschleppte angeschmutzte Kleidungsstücke aus der Ferne, die das Kind nun Heimat nannte. Liebi hat den Wandel kaum wahrgenommen. *Wäsche bleibt Wäsche.*

Erinnerungen an Wortgefechte mit Freunden, Freundinnen, Nachbarn und dem Metzger im verlassenen Dorf der Eltern kratzen die mehr und mehr erstarrenden Statue eines an den Haken gehängten Lebens an der erkaltenden Oberfläche. Sie dringen nicht durch.

Lippenstiftverzicht über dem packpapierservierten Frühstück. Farblosigkeit der auf den nicht mehr eintreffenden Dorfzug wartenden rostig rauen Liebistatue. Sie wird ein langes Leben haben. Ihre Wohnung hätte sie gewarnt haben können.

Sein Schatten

Auf seinem täglichen Gang zum Zeitschriftenladen eilte sein Schatten ihm immer voraus. Eines Tages störte ihn das. Er machte ein störrisches Gesicht und versuchte ihn wegzutreten. Das gelang nicht. Schließlich riss er den Schatten vor sich ab und warf ihn zur Seite.

Sein Schatten ließ sich das nicht gefallen. Er heftete sich beim Weitergehen an ihn. Blieb hinter ihm. Klebte an ihm. Er konnte nicht wahrnehmen, wie sein weggeworfener Schatten hin und her wogte, als wenn er sich über ihn lustig machen würde. Schatten sind ja leise. Der Schatten lebte von ihm. Ohne ihn wäre er nie geboren worden. Jetzt war er auf der falschen Seite. War er der erste Schatten, der eine Unabhängigkeitserklärung abgegeben hatte? Diese Frage konnte natürlich nicht von dem Verursacher des Schattens beantwortet werden. Man kann keine Antwort geben, wenn keine auslösende Frage vorangegangen ist.

An der nächsten Straßenkreuzung wickelte sich der Schatten um die Verkehrsampel und zog sich in die Länge. Seine Länge passte einfach nicht zum Stand der Sonne. Schatten leben wesentlich vom Licht. Hier wurde ein Gesetz durchbrochen. Der

Schatten hatte sich einfach das Recht genommen, anders zu sein. Es war wie ein Spiel. Für ihn schien es neue Regeln zu geben. Andere als die, denen sein Erzeuger folgte. Körper sind keine Schatten.

Er war auf dem Weg zu seinem Zeitschriftenladen, in dem er regelmäßig eine Tageszeitung kaufte. Sie stammte aus seinem Heimatort. Man konnte sie nicht in jedem Zeitschriftenladen kaufen, weil die Nachfrage nicht groß genug war. Diese Zeitung war für andere Kunden ihn dieser Stadt wenig interessant.

Kurz bevor er den Laden erreichte zerrte sein Gürtel an ihm. Er begann ohne jeden Anlass zu schnüren und presste den Bund seiner Hose fester an seinen Körper. Er spürte neue Druckstellen. Einen Moment überlegte er, ob er den Gürtel beim Anziehen enger gezogen hatte als sonst üblich. Die vorgestanzten Löcher lassen ja viele Möglichkeiten zu. Und wenn man den Gürtel enger schnallen kann, dann hat man eher ein gutes Gefühl, weil man meint, weniger Gewicht zu haben. Der Gürtel hörte nicht auf sich zu verkürzen. So hielt er an und versuchte den Gürtel zu öffnen. Er griff zur Schnalle und zog am freien Gürtelende, um den Gürtel zu lockern. Die Schnalle erteilte seiner Absicht eine unerwartete eindeutige Absage, indem sie seiner Hand einen elektrischen Schlag versetzte, der die Hände zum sofortigen Rückzug zwang. Sein Atem beschleunigte sich. Eine Hand wies einen roten Streifen auf, den er durch Lecken mit der Zunge zu beseitigen suchte. Das gelang ihm nicht. Er konzentrierte sich wieder auf den erhöhten Gürteldruck. Fluchte und schrie den Gürtel an. Der antwortete nicht sondern schnürte weiter. Die Schnalle funkte erneut. Seine schrillen Schreie fanden kein Gehör. Gedanken kamen in Fetzen. *Der wird mich teilen, spalten. In zwei Stücke. Wer ist dann ich? Gespaltenes Ich? Oben oder unten. Kann ein Hintern denken oder sitzen die wichtigen Entscheidungen im Bauch?*

Er betrat Hilfe suchend den Eingang des nächsten Hauses. Dort wollte er sich von seinem Gürtel befreien. Der Schatten hinter ihm streckte seine Fühler nach der Tür aus und fand Halt. Er sah noch wie das Oberleder seiner Schuhe sich fast im gleichen Moment von den übrigen Bestandteilen der Schuhe löste. *Wir gehen. Das passt uns alles nicht mehr.* Wenn der Schuhschaft sich entfernt, hat der Schuhboden keine Aufgabe mehr. Der Schatten schnellte etwas nach vorne und bedeckte für einen Moment den Abgang der Flüchtenden.

Wespentaillen können kurzatmig machen. Ohnmächtig. Er konnte den Zeitschriftenladen nicht mehr erreichen. Zerfiel gespalten vor dem Erhalt der gesuchten Zeitung. Der Gürtel hatte seine Arbeit getan und blieb auf dem Bürgersteig zurück.

Sein Schatten ließ von der Tür im Hauseingang ab und hob die getrennten

Körperteile in seine Arme. *Ich kann ihn doch nicht alleine lassen. Hat er doch für mich gesorgt mit seinem Körper. Ich weiß, dass es mich ohne ihn gar nicht geben würde. Sicherheitshalber werde ich ihn behalten. Als Garant für mein Sein. Er wird mir folgen müssen, so gespalten.*

Schatten können nicht lesen. *Es wird schwierig sein, seine Heimatzeitung zu lesen. Er hat sich darüber informieren wollen, was in seiner Heimatstadt geschieht. Er hatte bestimmt Heimweh oder eine Bindung an die Stadt, die ich nicht kenne. Das war sein Reich. Er wollte diese Tagezeitung kaufen. Die hat ihn mit seinem Gedankenreich verbunden. Jeden Tag hat er diese Zeitung gekauft. Das muss ich jetzt für ihn übernehmen.*

Der Ladeninhaber stellte fest, dass eine der zu verkaufenden Tageszeitungen aus der anderen Stadt fehlte. Er hatte ein Auge auf diese Tageszeitung, weil er alle Kunden kannte, die diese erwarben. Es waren nur drei. Und er war sicher, dass der Herr, der jeden Tag um diese Zeit in seinen Laden kam, bestimmt kommen würde. Aber *sein* Exemplar fehlte. Er zweifelte, ob er selbst quasi in Vorbereitung des Besuchs seines Stammkunden vorsorglich die Tageszeitung bereit gelegt hatte. Als Kundendienst. Aber er konnte sich nicht erinnern. So konnte er sich das Fehlen nicht erklären. Er grübelte. Die Zeit verstrich. Dieser Kunde würde nicht mehr kommen. Er hatte zwar einen Schatten bemerkt, der in den Verkaufsraum fiel, hielt das aber für eine vorübergehende Verdunkelung durch vorbeiziehende Wolken.

Mit der Überlegung, ob sein Zeitungskunde eventuell krank sei, was ja in diesen Zeiten nicht ungewöhnlich ist, konnte er sich nicht länger beschäftigen. Andere Kunden wollten bedient sein.

Der Schatten wickelte unterdessen seine langen Arme enger um die Körperteile. Er hatte das Gefühl, seinen Schöpfer schützen zu müssen. *Ich muss bei ihm bleiben. Man soll dem Schöpfer dankbar sein.* Schatten haben nur einen Schöpfer. *Haben sie auch ein Reich wie er?* Mit dieser Frage wollte der Schatten sich nicht beschäftigen. Er musste jetzt eine Lösung finden, was mit ihm geschehen sollte.

Als er sich nach einiger Zeit umdrehte stellte er fest, dass Schatten keine Schatten werfen. Wo kein Schatten ist, gibt es auch keinen Spender, keinen Schöpfer. *Ich kann nicht mein Schöpfer sein. Wenn ich keinen Schatten werfe, bin ich nicht da.* Merkwürdigerweise empfand der Schatten dies aber nicht als Last. *Er hat mich als Schatten vielleicht auch nicht als Last empfunden. Nun trage ich ihn ja mit mir. Also bin ich noch da. Habe ich mich verändert?*

In den Nächten verändern sich die Schatten. Sie leiden unter anderen Lichtverhältnissen. Zum Beispiel denen der Straßenlampen. Deren Licht reicht ja nicht sehr weit. Dann schrumpfen die Schatten. *Halt! Ein Schatten wirft ja gar keine Schatten. Also bin ich jetzt anders als vorher. Wie ein Selbst.* Er erinnerte sich in diesem Moment an den Bürgersteig, den Ort der Spaltung.

Dort spielten zwei Kinder und entdeckten einen auf dem Bürgersteig liegenden Gürtel.
Da ist eine Schlange. Pass auf! Die ist gefährlich! Vielleicht zischt sie.
Das ist keine Schlange. Schlangen haben keine Schnallen und keine Eisenzungen. Ich höre nichts.
Doch! Vielleicht ist sie ausgetrocknet.
Komm, wir gehen weiter.

Ein kräftiger Sturm versteckte das Sonnenlicht hinter dunkelgrauen Wolken. Alle Schatten wurden unsichtbar. Dennoch stehen sie beim nächsten Licht wieder auf. In der Zwischenzeit leben sie in ihrem Reich des Wartens. Erinnern sich an Schöpferwesen und suchen sie heim.

Urlaubsfotos

Robert war verwundet. Innerlich. Er quälte sich mit seiner Reisetasche zum Bus. Er wird voraussichtlich keine Fotos mehr machen. Er schaute nicht zurück.

Elsa Benn hatte in den letzten Monaten sehr schwer gearbeitet. Sie war einfach fertig. Ihr Chef hat sie in Urlaub geschickt.

Sie müssen zu sich kommen, sich selbst finden. Dann geht es Ihnen wieder besser.

Sie hatte verstanden und buchte einen Urlaub mit Wellnessprogramm. Ihr körperliches, geistiges und seelisches Wohlbefinden sollte im Rahmen dieses Programms auf ein hohes Niveau gehoben werden.

Jetzt geht es erst einmal um mich! Ich möchte zu mir kommen und mich wieder richtig sehen.

Dazu gehörte natürlich auch passende Kleidung. Sie entschied sich für leichte Stücke, überwiegend in Pastelltönen.

Nun war sie schon ein paar Tage im Wellnesshotel. Der siebte Tag begann.

Die Hotelhalle war leicht verdunkelt. Vom wolkenbedeckten Himmel drangen nur phasenweise Lichtkeulen der Vormittagssonne durch. Elsa kam mit ihrer Strandtasche aus dem Aufzug und hielt nach wenigen Schritten inne. In ihren Taschen befinden sich immer Digitalkameras. Noch während des Frühstücks, welches sie auf der Terrasse zu nehmen gewöhnt war, schien die Sonne wärmend auf ihren Rücken. Jetzt das! Dunkel draußen.

Immerhin war es nicht ständig dunkel. Hin und wieder strahlte ein Bündel Sonnenwärme durch die in östliche Richtung ziehende Wolkenschar und gab Hoffnung auf einen weiteren angenehmen Wellnesstag.

Zögernd was nun zu tun sei, betrachtete sie die Wolken, die hin und wieder hernieder leuchtenden Sonnenstrahlbündeln und die durch die Hotelhalle gehenden, schlurfenden oder eilenden Hotelgäste.

Es wird noch zu früh sein, jetzt zum Pool zu gehen. Gestern gab es erst am Nachmittag schöneres Wetter. Das wird heute auch so sein. Der nächste Wellnesstermin ist erst am späten Nachmittag. Kaffee habe ich auch genug getrunken. Ich könnte einen Test machen.

Haben Sie ein wenig Zeit? Können Sie mir einen kleinen Gefallen tun?

Robert kennt sich mit Digitalkameras aus. Er hielt eine von Elsa Blenn überreichte begutachtend in seinen Händen.

Selbstverständlich. Schließlich bin ich in Urlaub hier.

Kommen Sie bitte mit, es gibt einen windstillen Platz. Zeigen sie mir, wie andere mich sehen. Damit ich sehe.

Warum sollte er der Dame keinen Gefallen tun? Sie wird etwa 47 Jahre alt sein.
Reif. Dunkelblondes Haar, erste Ansätze von
Grau. Vollbusig, in einen luftigen Pareo ge-
hüllt, Bluse und Shorts, Flip-Flops. Die un-
vermeidbare Handtasche. Alles Ton in Ton.

Robert hat seine Beobachtung hinter
ihr her gehend gerade abgeschlossen, als
sie den im Windschatten liegenden Terras-
senbereich erreicht haben, der üblicherweise
erst nachmittags zur Kaffee- oder Teezeit
genutzt wird.

*Machen Sie einfach ein paar Bilder.
Ich will sehen, wie andere mich sehen, Und
ich kann mich selbst nicht von allen Seiten
sehen.*

Elsa schaute genau zu, wie Robert die
Kamera hielt und legte ihre Tasche auf einen
der am Terrassenrand stehenden Stühle und
kehrte dann Robert den Rücken zu.

Er beobachtete sie durch das Display
und füllte den Speicher der Digitalkamera mit
verschiedenen Ansichten von Elsa. Zwi-
schendrin zoomte er ihr Ohrläppchen heran
ohne es aufzunehmen.

*Vielleicht legen Sie den Pareo zur Sei-
te.*

Ihre Bluse war aus durchsichtigem
Stoff. Während sie mit nach oben ausge-
streckter Hand den Pareo in Richtung Stuhl
fliegen ließ beobachtete Robert, dass die
Wölbung ihres Busens auch aus der Rü-
ckenansicht zwischen niedergehendem Arm
und Körper zu sehen war. Digital konfirmiert.

Elsa drehte ihren Körper kokett weiter.

Robert zoomte die Nackenhärchen in den Speicher. Seine Augen glitten über ihren Körper. Sie fanden eine traumhafte Hügellandschaft einer reifen Frau. Robert hielt in seiner Betrachtung kurz inne.

Durch die Bluse schimmerte der Verschluss des Büstenhalters. Den kann Mann mit einer Hand öffnen.

Robert verharrte mit leuchtendem Blick, ging einen Schritt nach vorne, die Kamera mit dem notwendigen Abstand vor sein Gesicht haltend. Sein Fotoopfer verschwand aus dem Display und Robert sah die Farben des Pareos zur Trägerin zurückfliegen.

Dankeschön.

Die Sonne hatte die Wolken verdrängt.

Wir sollten gelegentlich einen Drink zusammen nehmen.

Ja.

Sie nahm ihre Digitalkamera aus seiner ausgestreckten Hand und legte sie in ihre Tasche zurück. Er hörte nur kurze Zeit dem Klatschen der sich entfernenden Flip-Flops zu.

Während des Abendessens versuchte Robert von seinem Einzeltisch aus herauszufinden, wo „sein Fotomodell" saß. Schließlich bestand ja die Chance auf einen Drink. Und er konnte diesen Pareo und dessen Inhalt nicht ganz aus dem Kopf bekommen. Er wollte die hübsche Dame näher kennen lernen. Ihr dunkelblondes Haar leuchtete so schön in der Sonne. Und er war ihr so nahe. Sehr nahe. Die Gedanken an sie haben ihn den ganzen Nachmittag begleitet.

Sie wird sicherlich alleine hier sein. Sonst hätte sie ihn wahrscheinlich nicht gebeten, diese Fotos zu machen. Ganz sicher. Ich muss sie finden.

Er suchte sich nach dem Essen einen strategisch günstigen Platz an der Hotelbar.

Hier müssen alle Gäste vorbei gehen.

Er wartete und konnte seine innere Spannung nicht verbergen.

Elsa hatte ihr Abendessen beendet. Sie schlenderte an den Boutiquen vorbei, die vor dem Barraum liegen. Robert sah sie kommen und stand von seinem Barhocker auf.

Ich habe ganz vergessen, mich vorzustellen. Robert Dade, ihr Fotograf.

Sie lächelte ihn an.

Elsa Benn, Sie kannten ja meinen Namen auch nicht. Ich bin Ihnen noch einen Drink schuldig für Ihre Hilfe. Aber eins sage ich gleich: Ich zahle nur den ersten.

Robert freute sich. Er betrachtete, wie sie auf dem Barhocker neben ihm Platz nahm. Er lobte wortlos ihre Figur und die Bewegung beim Hinsetzen. Nachdem die Drinks serviert waren, prostete er ihr zu. Sie stellte ihr Glas ab. Er nahm ihre Hand und neigte seinen Kopf zu einem Handkuss.

Ich danke Ihnen, dass ich ihnen heute ein wenig helfen konnte. Wissen Sie jetzt, wie andere Sie sehen?

Ich werde Ihnen eine Antwort hierauf zunächst schuldig bleiben. Die Bilder habe ich noch nicht näher studiert.

Ich würde Sie gerne noch einmal in dem Pareo sehen. Der hat mir gut gefallen.

Elsa blickte ihn kritisch fragend an.

Vielleicht mit sehr wenig darunter?

Das haben jetzt Sie gesagt.

Robert bestellte noch zwei Drinks und setzte voraus, dass Elsa Benn dagegen keinen Einwand haben würde.

Sie sprachen über den Urlaubsort, frühere Urlaubsreisen und dort gemachte Erfahrungen.

Nach dem zweiten Drink wollte Robert noch eine Bestellung auslösen. Doch Elsa fasste ihn am Arm.

Ich möchte jetzt gerne in meine Zimmer gehen. Sie sind so nett und begleiten mich?

Robert sah einen Pareo vor sich.

Sehr gerne, junge Frau.

Vor ihrem Zimmer schaute Elsa ihm in die Augen.

Einen schönen Abend noch. Ich werde noch ein wenig arbeiten. Ich bin Produkttesterin für Digitalkameras. Ich muss herausfinden, ob sie leicht und schnell bedienbar sind. Sie waren der fünfte Tester. Ich werde heute noch den Bericht über den Test mit ihnen fertig stellen.

Robert schlurfte zurück zur Bar.

Wetter so

Der Frühling zeigte sich in diesem Jahr mit dem Kleid des frühen Sommers. Wohl wärmende Tage, die die Frühlingsboten früher aus der Erde lockten. Früher als man dachte. Auch Gras. Bald nach den Schneeglöckchen lockte die schnell verblühende Magnolie die Kastanienblüten hervor. Am offiziellen Sommerbeginn - wer bloß diesen Kalender erfunden hat - tragen die Leute bei heftigem Regen Sommerblumensträuße nach Hause. Esskastanien, Maronen, winken von ferne her. Die Temperaturen treffen durch den verrutschten Aprilwetterfaktor wie ein Rausch auf einer Achterbahn auf die braven Bürger des deutschen Landes. Es ist ein hoch stehendes Land. In der Produktivitätsstatistik. Sie hielten den letzten Winter schon für einen Betrug, weil er so ein wirklicher Winter war. Mit dickem Schnee, weißen Flocken. Das macht man doch nicht. Sie sind unvorbereitet. Sie hasten unter einer Wolke zur nächsten und werden nicht müde, anderen Menschen mitzuteilen, dass das Wetter nicht so ist wie es sein sollte. Dazu nutzen sie auch ihre Mobiltelefone, komischerweise Handys genannt. Zwischendurch weisen sie daraufhin, dass es eine Riesenchance ist, mit modischen Schirmen den Markt aufzurollen. Gute Geschäfte sind zu machen.

Oder sie teilen mit, dass es anders ist als früher. Die Frage nach dem Grund drängt sich an die Menschen heran. Manche sagen, das kommt vom Atom, damit meinen sie konkret die Atomkraftwerke, deren giftiger Ausstoß nur mit Mittelwerten, also dem Durchschnitt, angegeben werden soll, was politisch gewollt ist. Man muss die Leute ja nicht unnötig aufregen. Und die paar Konsequenzen, zum Beispiel leukämiegefährdete Kinder, fallen im Gedränge nicht auf.

Die anderen sagen, das liegt an der Umweltverschmutzung aus dem Verbrennen von Öl und den Ableitungen davon, also nicht nur Benzin sondern auch Plastiktüten und wer weiß was noch. Natürlich wird dafür gezahlt mit diesen Umweltzertifikaten. Ob der Wettergott die annimmt, ist noch offen. Aber der liebe Gott weiß doch alles. Hat der nicht früher das Wetter gemacht? Ach, da gab es diese Zertifikate noch nicht, nur den Ablass. Wie sich die Zeiten ändern. Wie das gute alte Wetter, was hier gestohlen wird. Bald wachsen die Palmen am Rhein und mit denen das Getier, das mediterrane. Vielleicht kommen dann auch viele Touristen.

Andere rätseln über die Ursachen von dieser Wetterverschiebung. Immer mehr Wetter kommt vom Süden. Wie die Schulden. Euroschulden. Das kann man bei Google nicht verbindlich nachlesen. Oder es ist eine globale Verschiebung. Schiebung ist überall. Auch bei Meinungen, zum Beispiel bei Wahlen, wenn die Lobbyisten der Banker den Politikern sagen, dass sie die Schuld für die Krisen der Banken doch in die Taschen der Bürger schieben sollen, es gibt ja so viele davon, das fällt dann im Gedränge gar nicht auf.

Wetter ist nicht wählbar. So wendet man sich an die Fachleute und Experten. Die Wetterboten, also die Meteorologen, können das Wetter ja nicht ändern, höchstens schönreden. Also muss man es ertragen. Wie die Banker. Wie die Politiker mit diesen Verschiebungen. Ob die Grünen ein besseres Wetter hinkriegen? Man rätselt noch.

Die Menschen hier im wettergeschützten Wintergarten müssen jetzt noch diesen kräftigen Regenguss, einen Wolkenbruch, der ohne behandelnden Wetterarzt nicht abzuwenden ist, durchstehen. Und warten. Licht von Blitzen und Hall vom Donner helfen dabei festzustellen, wohin sich das aktuelle Unwetter verzieht. Eine Pause wird kommen. Bestimmt. Man trinkt noch eine Kleinigkeit und fragt sich, ob dieses wilde Wetter einen Nutzen hat. Natürlich. Die Pflanzen erhalten Nährung. Die Bauern freuen sich über die Entwicklung ihrer Saat. Und noch? Ach ja, der Regen wäscht die Autos. Die stehen irgendwo *draußen vor der Tür*. Da gibt es doch Literatur. Borchert. Das war früher. Da war das Wetter noch anders. Und was geschieht jetzt noch?

Es gibt noch einen großen Vorteil aus diesem Unwetter. Die Leute, die nebenan mit ihrem Mobiltelefon, was man in Deutschland Handy nennt, ihren Freunden in aller Welt mitteilen, was für ein verrücktes Wetter hier gerade herrscht, kann man nicht verstehen, nicht so wie sonst. Der Regen prasselt zu laut auf das Dach, unter das sie im Wintergarten des Restaurants wegen des Wetters geflohen sind. Das Gerede muss man jetzt nicht mehr hören, weil es zu laut prasselt. Von oben. Wie gut!

Über den Autor

Gert Podszun

Jahrgang 1943

Dipl.-Ing. und Betriebswirt, Bw-Hauptmann, Manager, Unternehmer, SeniorCoach, Lyriker, Liebhaber von sprachlichen Experimenten, Autor von Fachartikeln, Kurzgeschichten und Geschichten für Kinder sowie Bücher für Humor und über Wachstum und Glück, sowie Wirtschaftskrimis.

Weitere Werke:

Titel	Thema	Verlag	ISBN	Jahr
	Ohne Wind kannst du nicht leben lyrik	gp	Eigenverlag	1978
	Blütenblätter, Gedichte	gp	Eigenverlag	1979
	Gebrauchsanweisungen für verschiedene Wetterlagen Gedichte	JHV Johann Hempel Verlag	3-925192-07-7	1986
	Lyrik	The world of books	3-88325-487-8	1991
	lebenssssplitter lyrik	BoD	3-8311-4873-2	1995
	Düster hell Randbemerkungen Lyrik und Texte	BoD	Neuauflage geplant	2000
	Leimlinge Gehen Sie Sprüchen nicht auf den Leim	BoD	13-978-3-837-03022-8	2008
	Nonserl Gehen Sie Werbung nicht auf den Leim	BoD	13-978-3-839-10367-8	2009

Titel	Thema	Verlag	ISBN	Jahr
	Die Wolkenkinder Ein Kinderbuch	BoD	13-978-3-837-04081-4	2008
	WaxtumGlück Reingelegt und reingefallen	BoD	978-3-8391-1542-8	2008
	Der rasierte Fisch Wirtschaftskrimi	BoD	978-3-839-13111-4	2009
	Kater Frieda Wirtschaftskrimi 3. Auflage	BoD	978-3-839-16971-1	2011
	Apostelchips Wirtschaftskrimi 2. Aushabe	BoD	978-3-842-33021-4	2011
	fensterln ausblicke – einblicke gedichte	BoD	978-3-844-80972-5	2011
	Mode-Dich!? Mode in Versform	BoD	978-3-8482-0831-9	2012

	WasserGeld Wirtschaftskrimi	BoD	978-3-732-28885-4	2013
WasserGeld